PEDRO

¡PEDRO NO PIERDE LA CALMA

por Fran Manushkin

ilustrado por
Tammie Lyon

PICTURE WINDOW BOOKS
a capstone imprint

Publica la serie Pedro, Picture Window Books,
una imprenta de Capstone
1710 Roe Crest Drive
North Mankato, Minnesota 56003
www.capstonepub.com

Texto © 2020 Fran Manushkin
Ilustraciones © 2020 Picture Window Books

Los datos de CIP (Catalogación previa a la publicación, CIP) de la Biblioteca
del Congreso se encuentran disponibles en el sitio web de la Biblioteca.
ISBN 978-1-5158-5723-5 (hardcover)
ISBN 978-1-5158-5725-9 (pbk.)
ISBN 978-1-5158-5727-3 (ebook PDF)

Resumen: Está nevando y Pedro y sus amigos van al parque para disfrutar
de la nieve. La figura y el ángel que Pedro hizo en la nieve no le quedaron bien,
pero Pedro sabe que es muy bueno con el trineo y está decidido a ayudar a Roddy
a superar su miedo a deslizarse por la colina.

Diseñadora: Charmaine Whitman
Elementos de diseño de Shutterstock

Printed and bound in China.
2493

Contenido

Capítulo 1
El festival de invierno...........................5

Capítulo 2
El muñeco de nieve
y el patinaje 12

Capítulo 3
¡Despegue! 20

Capítulo 1
El festival de invierno

Estaba nevando cada vez más.

—¡Genial! —gritó Pedro—.

¡El festival de invierno va a ser

muy divertido!

Pedro se encontró con Katie
en el parque.

—Ahí viene Roddy con una
bola de nieve —avisó Katie—.
¡Agáchate!

Pedro se agachó, pero la bola
le pegó.

—¡Vamos! —dijo Katie—.
Tenemos que apuntarnos al
concurso de muñecos de nieve.

Katie hizo una ballena.

Pedro hizo un caballo.

¡No le quedó nada bien!

El perro de nieve de Roddy

fue el mejor.

—Vamos a deslizarnos

en trineo por la colina.

¡Soy muy bueno con el trineo!

—dijo Pedro.

—Más tarde —dijo Roddy—.

Antes vamos a hacer ángeles

de nieve.

Katie sonrió. —¡Roddy no es precisamente un angelito!

—¡Desde luego! —dijo Pedro.

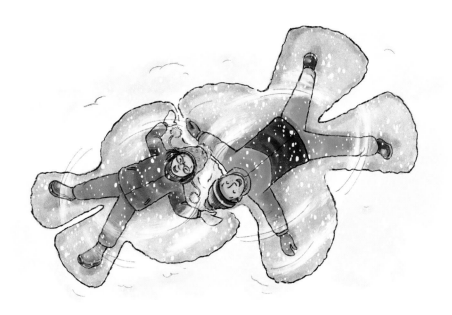

Se acostaron sobre la nieve.

—Mi ángel va a ser perfecto
—dijo Pedro.

Aunque le salió mal, ¡Pedro
no perdió la calma!

Capítulo 2
El muñeco de nieve y el patinaje

—Ahora nos deslizaremos en trineo por la colina —dijo Pedro.

—Después —dijo Roddy—. Quiero lanzar el sombrero al muñeco de nieve.

Pedro lanzó el sombrero. No consiguió ponerlo en la cabeza del muñeco de nieve.

Lo intentó una y otra vez, pero no lo logró.

—Bueno, no importa —dijo Pedro.

—Tengo muchas ganas de
bajar en trineo por la colina.
¡Vamos! —dijo Pedro.

—Luego —dijo Roddy.

—Siempre dices lo mismo
—dijo Pedro.

—¡Antes vamos a patinar!
—dijo Katie.

—Yo sé patinar hacia atrás
—presumió Roddy.

—¡Yo también! —gritó Pedro.

¡*Plaf!* Pedro se cayó.

—No te preocupes —le dijo
Katie a Pedro—. Todos somos
buenos en algo. Tú eres
muy bueno para deslizarte
con el trineo.

—¡Es cierto! —dijo Pedro—.
Vamos.

—Hasta luego —dijo Roddy
y empezó a alejarse.

—¡Espera! —dijo Pedro—.
¿Por qué no quieres deslizarte
en trineo?

Roddy miró la colina.

Pedro miró a Roddy.

—Esa colina es muy alta
—dijo Pedro—. ¿No te da
un poco de miedo?

—Tal vez —dijo Roddy.

—Ir en trineo puede asustar un poco al principio —dijo Pedro—. Pero después es genial.

Él y Katie empezaron a subir la colina. Roddy los observó.

Capítulo 3
¡Despegue!

—¡Esperen! —dijo Roddy corriendo hacia Pedro—. Quiero intentarlo. ¿Puedo ir contigo?

—¡Claro! —dijo Pedro—. ¡Sube y agárrate fuerte!

Roddy se agarró con firmeza
y aguantó la respiración.

—¡Despegue! —gritó Pedro.

¡Fuuush!

Bajaron la colina a toda
velocidad.

—¡AAAH! —gritó Roddy—.
¡Uooo!

—¡Increíble! —gritó Pedro.

—¡Hay que repetirlo! —dijo
Roddy

—¡Eres el mejor! Eso estuvo
genial —le dijo Roddy a Pedro.

—Vamos a tomarnos
un chocolate caliente
—dijo Pedro.

¡Eso también fue genial!

Acerca de la autora

Fran Manushkin es autora de muchos libros ilustrados populares. Entre ellos están *Pedro y el monstruo; La suerte de Pedro; Pedro, el ninja; Pedro, el pirata; El club de los misterios de Pedro; Pedro y el tiburón* y *La torre embromada de Pedro.* Katie Woo es una persona real —es la sobrina nieta de Fran— pero nunca se mete en tantos problemas como la Katie Woo de los libros. Fran escribe en su adorada computadora Mac, en la ciudad de Nueva York, sin la ayuda de sus traviesos gatos, Chaim y Goldy.

Acerca de la ilustradora

Tammie Lyon se aficionó al dibujo desde muy pequeña, cuando se sentaba a la mesa de la cocina con su papá. Su amor por el arte continuó y la llevó a estudiar en la Facultad de Arte y Diseño de Columbus, donde obtuvo una maestría en bellas artes. Después de una breve carrera como bailarina de ballet profesional, decidió dedicarse por completo a la ilustración. Hoy vive con su esposo, Lee, en Cincinnati, Ohio. Sus perros, Gus y Dudley, le hacen compañía cuando trabaja en su estudio.

Glosario

ángel de nieve—dibujo que se forma cuando alguien se acuesta boca arriba en la nieve y mueve los brazos de arriba abajo y abre y cierra las piernas para hacer una figura con alas

avisar—decir a alguien que puede haber un peligro o que puede pasar algo malo

chocolate—dulce que se hace con las semillas del árbol tropical del cacao

concurso—evento en el que dos o más personas intentan ganar algo

festival—una serie de actividades organizadas, normalmente para divertirse y celebrar

genial—excelente, muy bueno

increíble—fantástico, muy bueno

presumir—mostrarse orgulloso de uno mismo o de hacer algo muy bien

Vamos a hablar

1. Comenta cómo se ayudan los tres amigos en el cuento.

2. ¿Qué pistas indicaron a Pedro que a Roddy le daba miedo deslizarse en trineo? ¿Te imaginaste que esa era la razón por la que Roddy siempre sugería otras actividades en lugar del trineo?

3. Pedro ayuda a Roddy a superar su miedo. ¿Alguna vez te ayudó un amigo a superar tus miedos? Coméntalo.

Vamos a escribir

1. Haz una lista de las actividades del festival de invierno. Encierra en un círculo tu favorita.

2. Imagínate que tu escuela celebra un festival de invierno y tú estás a cargo de los carteles. Haz un cartel para exponer los detalles del festival.

3. Imagínate que bajas una colina nevada en trineo. Escribe cuatro oraciones para explicar lo que ves, sientes, oyes y hueles.

¡LOS CHISTES

❄ ¿Por qué los patos emigran en invierno?
Porque el frío es muy anti-pático

❄ ¿Cómo se hace un muñeco de nieve?
Copito a copito

❄ ¿Qué le dice un muñeco de nieve
a otro?
Aquí huele a zanahoria

❄ ¿Por qué a los vampiros
no les gusta la nieve?
Porque se les congela
la sangre

DE PEDRO!

✳ ¿Qué le dice el muñeco de nieve
al fuego?
Me derrito por ti

✳ ¿Cuál es la prima que nunca quiere
ver un muñeco de nieve?
La prima-Vera

✳ ¿Por qué los muñecos de nieve usan
sombrero?
Para no tener frío en la cabeza

✳ ¿Qué cae en invierno
y no se lastima?
La nieve

¡DIVIÉRTETE MÁS CON PEDRO!